Le vent d'automne

Adaptation de Barbara Winthrop
Texte français de Josée Leduc

Catalogage avant publication de Bibliothèque et Archives Canada

Winthrop, Barbara
[Peppa's windy fall day. Français]
Le vent d'automne / adapté par Barbara Winthrop ; texte français de Josée Leduc.

(Peppa Pig)
Traduction de: Peppa's windy fall day.
"Peppa Pig est une création de Neville Astley et Mark Baker."
ISBN 978-1-4431-6945-5 (couverture souple)

I. Baker, Mark, 1959-, créateur II. Astley, Neville, créateur III. Titre.
IV. Titre: Peppa's windy fall day. Français. V. Titre: Peppa Pig (Émission de télévision)

PZ23.W597Ve 2018   j813'.6   C2018-900820-2

Un vent d'automne souffle aujourd'hui. Peppa et sa famille vont au parc.

— Habillons-nous chaudement, dit Maman Cochon.

Quand il fait froid dehors, Peppa et
tous les membres de sa famille portent
un manteau, une tuque et un foulard.

Dans la voiture, Papa Cochon
règle la chaufferette au maximum.
— Est-ce que vous êtes tous bien
au chaud? demande Papa Cochon.

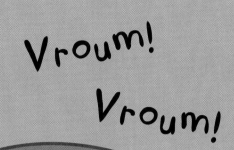

Vroum! Vroum!

— Oui, Papa Cochon!
Et c'est parti!

Bientôt, Peppa arrive au parc avec sa famille.

— Pourquoi les feuilles sont-elles rouges et jaunes?
demande Peppa.

— À l'automne, quand il commence à faire froid, les
feuilles changent de couleur, explique Maman Cochon.

Papa Cochon a apporté un ballon.

— Jouons un peu pour nous réchauffer.

Il envoie le ballon en direction de Peppa.

— C'est à mon tour! crie Peppa.
D'un coup de pied, Peppa frappe le
ballon qui file vers George.

Hi!
Hi!

Maintenant, c'est au tour de George. Mais le vent pousse le ballon dans la direction opposée.

— Hé! Il n'est pas censé aller par là! crie Peppa.

Peppa et George courent après le ballon.

Oh non! Le ballon a roulé
jusque dans l'étang.

— Ne vous inquiétez pas, les rassure Papa Cochon.
Je vais utiliser une branche.
Papa Cochon tend le bras
aussi loin qu'il le peut.

— Juste un peu plus loin!
dit Peppa.

— Fais attention, Papa
Cochon! s'exclame Maman
Cochon.

Papa Cochon se penche un peu
trop. Il tombe dans l'étang!
Splash! Pauvre Papa Cochon!

Heureusement, le vent pousse
le ballon hors de l'étang.

Hi!
Hi!

— Le vent souffle de plus en plus fort, dit Maman Cochon. Tenez bien vos tuques, les enfants!

Peppa tient sa tuque, mais George ne tient pas la sienne.

Wouch! La tuque de George est emportée par le vent!

La tuque de George est en haut d'un arbre.

— Comment allons-nous faire pour la récupérer? demande Papa Cochon.

— C'est facile, dit Maman Cochon. Je vais secouer doucement l'arbre.

Tchac! Tchac! Tchac!
Oh là là! Maman Cochon
secoue l'arbre un peu trop fort!

Pouf!
Toutes les
feuilles tombent
sur elle!

Hi! Hi!

— Mais où est passée
la tuque de George?
demande Maman Cochon.
— Elle est sur ta tête!
dit Peppa en riant.

Le vent souffle de plus en plus.

— Regarde, Papa! Je me fais pousser par le vent! s'écrie Peppa.

Le vent est assez fort pour pousser Peppa
et George. Il est même assez fort pour
soulever Papa Cochon! Au bout d'un moment,
le vent se calme.

— Qu'est-ce qu'on peut faire maintenant?
demande Peppa.

— Quel est ton jeu préféré? demande Papa Cochon.

— Sauter à pieds joints dans les flaques de boue! s'exclame Peppa. Mais il n'y en a pas. Il n'y a que des feuilles toutes sèches!

Crounch!

Crounch!

— Et que fait-on avec des feuilles d'automne? demande Papa Cochon.

— *Humpf!* Je ne sais pas, répond Peppa.

— Ha! Ha! On saute dedans à pieds joints! dit Papa Cochon.

Crounch!

Crounch!
Crounch!

Tout le monde aime sauter dans les feuilles d'automne!

— C'est le meilleur automne de ma vie, dit Peppa. **Hi! Hi! Groin! Groin! Humpf!**